Pauline Füg
Nach der Illusion

nach der illusion

ein lyrikband in zwei teilen

pauline füg

Pauline Füg

Ansbach, den 23. 4. 23

Erste Auflage 2021

Lektora GmbH
Schildern 17–19
33098 Paderborn
Tel.: 05251 6886809
Fax: 05251 6886815
www.lektora.de

Druck: MCP, Marki
Covermotiv: Cendra Polsner, www.cendrapolsner.de
Covermontage: Cendra Polsner, www.cendrapolsner.de
Lektorat & Layout Inhalt: Lektora GmbH, Denise Bretz
Printed in Poland

ISBN: 978-3-95461-200-0

Inhalt

I

der zauberer braucht kokain

(ein lyrikzyklus in drei teilen)

da ist etwas

von der nacht abgerissen es fehlt
ein stück vorher habe ich noch
mit meinem namen darauf unterschrieben

wir laufen die dunkelheit entlang
auf dem weg zu den geheimnissen
manchmal sind unsere schritte zu laut

das hier ist noch nicht mal
eine stadt hier ist noch nicht mal
land in sicht du suchst
ein problem hier
ist noch nicht mal etwas
das ein problem sein könnte

der schlossherr sagt:
ich bin mir nicht sicher
ob der zauberer heute hinter dem ohr
kleingeld versteckt oder nur
ein schlechtes tattoo

aufstehen lohnt nicht
für heute zumindest
und den morgigen tag

1 der zauberer sagt

vor der show

der zauberer sagt: nichts
von alledem

der schlossherr sagt: da ist etwas
von der nacht abgerissen
kein schatten kein mond

ja ich weiß: wir könnten
hinter diesen mauern geheimgänge
finden aber haben nicht
den mut die fassade zu
ruinieren

der zauberer braucht kokain

wir sitzen dazwischen: im weißen saal ein fadeout
unserer stimmen: *hast du es auch*
gehört wieder ist etwas verschwunden

wir suchen nach dosierungen
wir suchen nach schrödingers katzen
sie kamen vor jahren als *kitten* ungebetene
gäste auf der suche nach milch im linken flügel
ob alle geblieben sind
fragst du

siehst du
wenn man sich ganz still verhält
bewegen sich
die dinge
nicht

ich arbeite an einer neuen idee von einsamkeit

der zauberer hat gesagt: zu beginn der show
machst du den zweitbesten trick
anfangs *darfst du*
noch fehler machen

wie kommen wir nach oben
ist es nachts: weißt du wie das geht
verlangsamen wir das licht
und das was es wirft

ganz zum schluss dann
gibst du das beste

wegen der wolken

verorte: mond exakt vor hitze und nacht
wegen der wolken ist *die sicht auf*
das phänomen teils eingeschränkt

spektralphysik
ein versuch
sich auf das dahinter
zu konzentrieren

welle teilchen

ich hab dich kommen sehen
und später auch
wie du gegangen bist

jemand hat die fenster geschlossen
durch einen riss in der fassade
brannte noch licht im kamin

als du aufstandest
und irgendwo weiter hinten
verschwandest als
es niemand sah

er flüstert seitlich er sagt

komm mit spazieren dahinten *ein weg*
den wir bis heute nicht kannten: ob es sich
lohnt von dort weiterzugehen

er kreuzt die schwarze katze es klirrt
seine bänder die reißen

was ist schon
projektion

antiquarische zauberliteratur

man kann
in keinem guten zustand
trost finden

an der wand noch
mehr porzellan stuckaturen

wie wir da herauskommen
fragt er
sage ich
nicht alles braucht noch zeit

2 der schlossher sagt

aus der tür wird ein schrank

zimmer tauschen ihre plätze
wenn ich eine uhr anfasse
kann ich sie oft nicht finden

alle leiden: zimmerfluchten
spiegelgalerien restaurationsbedarf
mein haus kann sich das nicht erklären

zehn stunden arbeit für ein möbel
leben ohne zeiger
für ein paar takte mehr

das gefühl gefühl kein oben zu haben

dazwischen das meer
vor dem fenster

sieht nur: es ist verschwendet

zieh dich aus
der kronleuchter ist dein
nest für die nacht

übersicht; tag

ich habe geschlafen
im wintergarten reste von euch
fliegen
etwas zerbricht an der decke
ich habe mir überlegt
wohin wir gehen könnten

die tastatur deiner wirbel
macht sich bereit für eine
landschaft
die zwischen nebelmaschinen zerfällt

drei winter wärme

hinter dem backhaus
milchglas: ein fenster zum hof

beginne von vorn
dann halte es warm

vom nachbarn
leuchtsignale mit
verzögertem sound

weiterhin
lauer wind für morgen

3 ich sage

durch die fenster kommt wieder mehr licht

wir haben sandpapier zwischen
den rippen: als hätten wir gehofft
dass wir normal weiteratmen können
nach diesen partituren unserer sätze

als würde mit jedem luftzug
unter den flügeltüren alles
etwas glatter werden alles
etwas weiter weg rücken alles
was von der nacht noch übrig blieb

früher hatte man ja
kein glas zwischen den steinen und
heute nur das licht
in unseren ärmeln

was nach der illuison zu boden
fällt: ein dechiffriertes
kaninchen *vielleicht denkt es ja auch*
an ein morgen
jenseits dieser existenz

that is not enough

was mein kopf macht wenn
du schon schläfst:

forscher haben so sagte man mir
auf dem mars einen see entdeckt

ich werde nicht hinfahren *nicht dort sein* kein
vorhang der fällt kein
aber es ist doch ganz nah

hast du gewusst dass andernorts
die welten
tiefgefroren sind

in der arktis passt einer auf
dass man nicht zu tief bohrt

was zu beweisen war:
im unendlichen schneidet sich
auch diese parallelwelt
mit uns

wir steigen treppen

das geräusch des aufzugs
wenn es ihn gibt
erschöpft uns
es ist eine gratwanderung
noch näher
an den mond

ich erinnere mich
an die dunkelkammer
aus backstein darin nur geister die sich
entwickelten zu einem
sehr klaren negativ: vor uns ein
trabant als natürlicher satellit

weiter drüben; hinterhof

die verrückte papageienlady
spuckt feuer

manchmal erschrecke ich kurz bei
ihrem geräusch
halte ausschau nach
herabstürzenden katzen

aber es war nichts
alle machen weiter

ein lichtschacht zwischen unseren pupillen

wir sitzen lange wir
befürchten im eckzimmer
hört man uns lauter
ein luftraum hinter
der tür ein lichtschacht
zwischen unseren pupillen

war niemand da
auf dem weg zurück
nach dem gehen
entlang der fassade als
etwas später die frage aufkam wer
nicht alleine blieb

wir klebten unsere wörter

aneinander ohne die
lippen zu bewegen
die mundwinkel rissig
vom blattgold

daneben ein funkspruch: *wir*
sind nicht wie die andern
zwischen den fragen mit tauben
zähnen eine explosion hinter
einer vergessenen wand

II
nach der illusion

magnete

ein unikatgeräusch blieb
in deinem hals stecken
es wurde produziert zwischen
den stromkabeln deiner wachheit

wir googeln warum hochfrequenz übelkeit auslöst
du hast das doch vorgeschlagen?
du hast das doch gefragt?
wir vergessen was wir suchen wollten
und klicken auf das andere um uns
zu vergewissern dass wir noch wissen wie
der schlaf zwischen unsere lider fällt
insomnia *mittel dagegen?* melatonin

später hör ich es manchmal noch leise
das surren den ton in der wand
zwischen dem herz und dem außen
als elektromagnetisches feld

wurmloch

ich habe meine synapsen ausgewürgt
beim sprechen von dir
wir versuchten uns an kommunikation
und gegenübertragung

abrakadabra
und dann bin ich fort
auf der anderen seite
hör ich applaus

scheusal

vor einem jahr suchten wir nachts
auf den dachterrassen windräder: zu sehen
scheusale mit blinkenden mäulern
die uns in der dunkelblauen stunde flimmernd erschienen

da war schon nicht mehr viel greifbar
war hinter den säulen weiter vorne noch mehr licht?
wo fragt der schlossherr
na weiter vorne sagst du

das entfernte
das ich
nicht weiter benennen kann
da wo die metallenen blätter
tinnitusgleich strom erzeugen
aus den verwirbelungen einer landschaft

wenn du fragst
wie nah mir das alles wirklich geht
die defragmentierung der chemischen formel des selbst

wenn du fragst
wie das geräusch ist wenn jemand verschwindet
als geist noch im orbit *bleibt sich staubig* auf die zunge legt
bei rekordtemperaturen die mundwinkel rissig blutet
sag wie nah klingt das
wenn einer plötzlich verschwunden ist

viele welten

die differenz von ton und licht
irritiert dich tief irgendwo hinten links
im cortex *in den clubs* sagst du

wir werden evakuiert und suchen
eine richtung vielleicht etwas mehr klima
die durchsichtigkeit von strom und
wolken ein dahinter das mehr als nur
wetter ist *nämlich*
alles was noch fehlt

möchtest du das sehen wollte ich fragen

aber du warst nicht hier
sondern lagst zurück in der distanz
zwischen leuchten und geräusch

niedrigfrequenz

beim aufwachen erinnern wir uns
an die möglichkeiten unendlicher karten
für die orte die sicher sind
und üblicherweise niedriger frequentiert
vom tourismus strom oder den gedanken einzelner

ich bin mir nicht sicher: *wem soll ich bescheid sagen?*
dass alles anders geworden ist
als geplant der kalender ein irrtum

abends legen wir uns gefieder um die pupillen
auf den afterworkpartys einer kapitalistischen welt
buffet inklusive und augenwischerei
nach links:
hey du endlich jemand normales ohne sakko
hätte ich dich fast nicht erkannt
wir tragen das glitzer der high society
auf den oberen lidern

drüben an der wand
ist der sommer noch lang noch hat niemand
die wege gezählt

in einer verschränkten gleichzeitigkeit

schlagen wellen draußen
ist ein anderes meer
niemand versprach etwas

morgen wieder ein
flüsternder tag *zähl*
runter eins vier
eins drei

ich fragmentiere
sortiere meine ungeborenen
sätze in unsichtbare
ordner schubladen des cortex
und du fragst nichts

fortune cookie

es kommen wieder andere zeiten
ich habe mich entschieden
von synchronizitäten auszugehen
wirklich da kommen noch andere
sagen sie *da kommt noch was auf uns zu*

wetterleuchten legt sich über die landschaft
in der differenz von ton und licht zwischen
diesem moment und dem
danach liegt damokles in demut daneben

woran erkennen wir
dass es stimmt hast du gefragt
aber du warst so leise
fast hörte ich dich nicht
zwischen den kommenden zeiten
wenn wir aufblickten war da
nur nacht zwischen den lichtern

zwischen den ohren hämmert es staub

in dieser landschaft von verschwundenen
zerdrückt es: felle die davonschwimmen
es stellt sich die frage *bleibe ich*
zurück oder

gleite ich wachsam
in das sichtfeld eines anderen
tages hinter der datumsgrenze
lampions

ich erkenne: nichts
was richtig gewesen wäre

angeln gehen

sie werfen die augen aus
wie haken in ihrer schaulustigkeit
kein erbarmen als
wüssten sie nicht was
sie zu sehen bekommen wollen als
gäbe es noch andere möglichkeiten
zu finden im hafen
becken die drahtzieher wie immer

im führerhaus an der langen leine
ein mechanischer fisch ein kran
und einer der schluckt beim fang

kopf über hals
brüchig an die mauern gekantet

hat einer die handbremse *nicht*
aus versehen gelöst

war es anders als
gedacht

life is a killer

drüben am gartenzaun der anderen
hängt ein zaunkönig nachts
stiehlt er nur die kirschen statt
des mondes vom himmel

am fensterbrett am ende der straße
eine beobachterin die nichts
sieht als einen sterbenden stern

moleküle

wir denken uns landschaften die wir
nicht betreten können
schrödingers katze schläft
und weiß nicht wie
sie existiert

wir haben ein fenster mit sonne
gewählt aber das verändert sich
mit der zeit wollen wir nicht mehr
gehen können wir nicht mehr
bleiben *was hast du*
gesagt

wir dehnen uns aus ins nichts
in ein langes geflecht aus molekülen
als unsichtbare partikel
auf deinen wimpern
die schatten werfen in das
unterholz deines gesichts

gravitation

ich stehe wache in den treppenaufgängen unserer
ubahnstationen zwischen den nuancen des moments
du wiederholst dich wie er
der aus versehen auch unserer geworden ist

ich bemerke ein zerfasern des jetzt unschärfe
auf der netzhaut flimmert
alles was wir sehen: physikalische möglichkeiten

weiter unten gibt es nichts
kein gleisbett das man uns unter den
füßen
wegziehen könnte kein erwiderter blick
zwischen den erodierten waggons
während sich die timelines der welt
in den staubigen morgen kratzen

seitdem
ist weiterziehen auf dieser fallhöhe
eine option auf eine notlandung

vereinheitlichte theorie

asphalt in den fissuren meiner finger
kuppen oszillieren
im vorbei
streifen licht

du jagst einen schrecken
mit tanzenden händen
jeden abend
wenn nichts passiert

schlägst du dich wacker wie
ein boxer
mit den fäusten
durch die nacht

osmosis

wir haben gewartet
lagen auf brüchigen vorhaben
ebenerdig tönern sonnengebrannt rissig
auf eichen
parkett unter kristallglas und licht
überlegen wie
warten funktioniert wie
überlegen das geräusch unseres atems
fließt
viel zu simpel
während um uns herum durch eine
halbdurchlässige membran
missverständnisse diffundieren
zu sicherheiten werden

wenn wir sprechen
verraten wir nicht
wovon

schrödinger

ich schlafe in einer höhle aus stuck
zugedeckt mit ruhenden
zeigern mein blick nur
geradeaus denn: eine andere richtung gibt es nicht

hier wo die katze das
revier nicht verlässt
wo der hohle zahn *von innen*
gegen die zeit drückt

wo die menschen sagen
so man sie erreicht
es ist noch nicht ausgeheilt
dann sprechen sie von
geduld verlassen
sich auf studien glauben dass
es wahr ist sehen
den wetterbericht und sie
knirschen mit den kiefern

ich bin mitgenommen
sehr mitgenommen
und steige irgendwo aus
unweit des ortes
an dem sich die äste
verzweigen in der hand einen schriftzug
kannst du es lesen
kannst du es verstehen
ist das die höhle
bist du dir sicher
und ist sie viel tiefer
als von dir geglaubt

das holz ist nicht blickdicht
als jemand fragt:
ob du hier ankommst
weißt du es nicht

bewegungsgleichungen und randbedingungen

drehe mich senkrecht die speise
zum anschlag schlage mich
wacker *wie kann es sein*
dass im wind die lichter
vor der tür abwechselnd leuchten

eine optische täuschung
aus porzellan
bin ich *träume immer*
dass mein zahn von innen
zerfällt trage jahresringe
um die augen *bin verlobt*
mit der zeit bin die platz
anweiserin für deine pläne
die garderobiere für deine
hülle kenne die reihen
die nummern
der sitze tausche
die schlösser erst aus wenn
du gehst

veränderung von gehirnwellen; deine

wir haben flach geatmet am telefon
konntest du deinen namen nicht mehr
alles was du sagtest waren
fake news am morgen das datum
hinter der grenze deines verstands

das geräusch bei entspannung
wurde nachts schlimmer

ich weiß nicht warum ich
gehofft habe dass das die wörter waren
sie enthielten zu wenig moleküle
um glaubhaft auf der zunge balanciert zu werden
beim schlucken bin ich immer
mit der spitze am falschen platz gelandet
ich habe mir sprache für dich ausgedacht

bin ich nur ein echo
von etwas das ich früher gerufen habe
ich glaube wir waren nicht da
noch nicht einmal digital

die größe des magnetfeldes messen wir nicht

wir waren im wald unsere gedanken
labyrinthe in die luft gespannt als drähte
zwischen den gehegen unsichtbarer reviere
um uns nur virtuelles licht richten unsere wege
versuchsweise wie katzen nach feldlinien aus
unsicherheit zwischen den pfählen
nährten wir uns von bodenhaftung kochten
unsere herzen aus angst vor dem
fuchsbandwurm *ja man darf das schreiben*

quantenrealität

wie eine katze die nicht unterscheidet
zwischen mond und laterne kriechst
spuckst du in die nacht mit
harscher stimme *die kaum jemand*
hört fürchtest
vom balkon des nachbarn
zu fallen dein loses fell zieht sich
bis in den sommer der unter seinem
dritten augenlid leuchtet

ich habe von einem geisterhaus
geträumt *von diesem leuchten*
falle ich ab in den
morgen wie an keinem tag bisher

superposition

I

wir kratzen uns
social media aus den lidern krümelig
noch feucht vom tagesbeginn noch brüchig
vom blinzeln auf den rolltreppen mit wunden
knien mit dem geruch von
geklärter butter und
erbrochenem in hochformat länglich
.png genau bemessen für den
täglichen gebrauch

II

das darknet ist auch nur ein
paralleluniversum der dunklen
seite der macht

synapsen

ich bin brief ohne ordnung liege
still warte auf ein
morgen *nach einem gestern nach einer*
frage nach einem weg mir fehlt

die antwort zwischen den nachrichten
bleibe ich
leer zwischen dem sonnen
system der straßenbahnen die wie der
kreislauf einer stadt pulsieren
die so nah
dran ist ein android zu sein
wie zu keiner zeit bevor
bin ich *brief ohne ordnung*

dekohärenz

mir fehlt das *geräusch von*
zugehörigkeit an jedem feiertag im oktober
in dem land das am fuße des whataboutism liegt

ich wurde geboren zu einer indifferenten
bürgerin irgendeiner republik
sprache sei ohne sprache *dann fällt nicht*
auf was passiert wenn geschlossene systeme
mit ihrer umgebung in wechselwirkung treten

teilchencharakter

in meinem kalender ruhen die jahre
sind ausreichend dinge
notizen die ich nicht mehr verstehe *schnell*
ins hier übersetzt

quantum *wo bleibst du denn zwischen den uhren*
wie riecht das weltall *wenn man dich fragt*
wir überqueren die flüsse von paralleluniversen
alles ist tiefer ist dunkler als von uns geglaubt

häufiger fehler

dass du nichts mehr sagst
und ich auch
nicht

radioaktiver zerfall

ich hörte ich habe heute
im schlaf gesprochen
erwachte von der bewegung meiner lippen
ich wollte die spielregeln wissen
als ich mich umsah gab es
niemanden der mich beantworten konnte

später dann erinnerte ich mich an deinen satz:
der einzige echte zufall ist radioaktiver zerfall

kollaps der wellenfunktion

der abend fiebert uns torfig
entgegen unsere kleidung trieft
von harzen und versengtem salbei
den wir durch alle räume trugen

selbst in die die uns fern lagen abseits
unseres ziels *ich weiß du*
drehtest den kopf in die andere
richtung als wolltest du nicht
wissen was die gene uns voraussagen

am anderen ende des landes sind wir
voller sorgen und spucken salz das sich wie
ruß auf die erinnerungen legt

spuk

wir untersuchen den unterschied von vorstellung
und wirklichkeit : in den zerebralen arealen deines cortex
dort wo langzeit und kurzzeit
sitzen dort wo niemand
greifen kann was da war
zwischen den nächten

im morgengrauen und im
bestand dieses gebäudes *beschützende abteilung*
du musst nur ganz genau darauf achten was du nicht

siehst du *ich hab es dir doch gleich*
gesagt ins ohr *hinter die haare*
wie ein verkrochenes grasstück gewebt es ist
weg jemand hat es versteckt

wir bemerken obertöne und schatten du
sagst *wieder nichts*
vermutlich nichts

der vorfall wurden lange untersucht aber
niemand kann dich noch sehen
wie du warst

oz

es dauert eine zeit bis ich verstehe dass ich
mitschreiben muss *was du gesagt hast* damit ich
wirklich daran glaube dass mehrere zeitrechnungen
möglich sind und *agnostisch korrekt* das haar

zu einem dutt *pass auf alles*
ist sehr fein es fällt
sehr schlecht wenn du es öffnest

man wird doch noch fragen dürfen *was*
eigentlich los ist und dann immer noch wissen
wie das ist wenn man schweigt

vor einem abend

ich frage nach einem früheren bild: *die unordnung*
der hölzer überlebenstechniken
die nur du erfunden hast
am anderen ende der straße
zeit in wellenfunktion: zwei hunde die
sich einmal kannten verblassen nach dem kampf
über dem asphalt *flimmert* es?

ich bereite mich vor:
ein stift neben den abend zum
gesicht gelegt zu den sorgen die
um 3:29 uhr im zimmer kreisen
als lichtfragmente unter der decke

wenn ich nichts sage *schweigst du auch?*
nur ich bin sicher
dass niemand etwas fragen wird
und ich weiß ja auch
keine antwort darauf

handlung; versprochen

die frage war ja immer warum du das tust
alles was ich erkennen konnte *die diffusion*
deiner handlung ins geflecht meiner iris wo
ein bild entsteht *wenn in der umgebung*
genügend stäbchen reagieren
oder eben nicht

du bist geblieben
als eine lose frequenz im hinterkopf
in diesen tagen die
leise verblassen wie mein
lippenstift im laufe der nacht

die basis für alles ist brüchig *unter den rädern*
auf dem boden aus mamor
der schon leise *rissig* verstaubt

alles existiert bis zum gegenteil

über den dächern des
abends zieht der sommersturm auf in der ferne ein
licht lose verschwommen als ob
deine lider wandbehänge wären
deren klebstoffe sich lösen *was gibt es weiter zu tun?*
im schwerpunkt des orkans

es schwimmt ein wal hinter den wolken
den wir aus dem regenbassin kannten
wir benennen die räume zwischen den sternen
über unseren köpfen *nachts*
schließe ich die lider nicht mehr

die inventur unserer gedanken:
ein oder zwei verloren die fassung
aber ohne finderlohn kommt nichts zurück
wir gerieten in die lücken der fassade
gerieten unter die spuren des morgens
den man jetzt schon
nicht mehr suchen muss

die problematik des möglichen

was soll ich tun
es ist noch gar nicht früh
die menschen hinter diesen wänden schlafen noch
hinter vorgehaltenen gardinen
wo soll ich hin?
wann fall ich in den schlaf?
die bilder verglühen
durch den vorhang fällt noch licht
zerkratzt sich an den rändern der pupille

ich habe das gefühl
da liegt noch ein halbschatten in der ecke
nach ausreichender analyse
beim neun uhr schlag feine möglichkeiten aus profit draußen
es ist zu heiß und zu spät für geregeltes leben

hast du es auch gesehen *etwas fiel vorbei*
es war spektral vielleicht
sogar spektakulär
unsere gehirne kontraindizieren sich
im nachbarhaus zählen wir die laken
auf dem balkon im zuge des lichts
im falle des falls
was soll ich tun?

wir schliefen die letzten jahre unter dem mond

als wir uns in deinem zimmer trafen
hatte ich die zeit bis dahin damit verbracht
fundorte zu bestimmen und du damit den geschmack von
wodka zu testen und das klingt cineastischer als es ist
denn es waren eigentlich viele verlorengegangene
katzen und viel wodka

jetzt sitze ich zwischen den stühlen
deiner anwesenheit und meiner vernunft
in der baulücke gegenüber
gibt es einen vollmond

als die katze ins zimmer kommt
friert sie in der bewegung ein
ein pfote in der luft
kurz über dem boden

du drehst mit deinen gedanken den satelliten
natürlich!
fokussierst die gezeiten
meinst mit worten die dir nicht gehören einen
berstenden stern

ich möchte dich atmen sehen
eigentlich ist das alles
was ich für die nächsten jahre möchte
und ab und zu so nah an deinem mund liegen
dass ich sicher bin dass alles funktioniert

vielleicht macht jemand eines tages die tür zu
oder dreht den verschluss der flasche
vielleicht irritieren uns diese geräusche
vielleicht bewegen sich später unsere brustkörbe nicht mehr
vielleicht kommt eines tages die katze nicht zurück
sie ist ja schon alt
vielleicht ist irgendwann neumond
viellleicht macht mir das etwas aus
vielleicht kann ich damit leben
solange wir ohne darüber zu reden
die schrittfolge des tanzes erinnern können

wir schliefen die letzten jahre unter dem mond
laub zwischen den zähnen
rippen als geländer für den weg nach oben
wir haben uns gefragt: *ob das gehen wird?*
und ob wir leiser sind als geplant?

du öffnest das fenster weit: wir haben vergessen
ob man ['vɔtka]
mit v oder mit w schreibt

während wir beginnen zu schlafen
implodiert über uns orion
frage: wie erkennt man ein gefühl

aktuelle koordinaten

hier auf der anderen seite der datumsgrenze
gehen zeichensätze verloren
fragt sich jemand der vorübergeht
nach den aktuellen koordinaten des moments
um auch das ankommen zu begreifen
um zu navigieren und zu wissen
ob das denn hier das richtige leben sei

in den büchern ein digitaler daumenabdruck unserer zeit
wann sollen wir wieder zusammenkommen
ein körper ist ein körper *ist eine maschine lehrt uns die organik*
wir lesen die buchstaben in tieferen schichten
ich vergesse viel mehr als früher mich
daran zu erinnern wo
du geblieben bist seit
dem verorten unserer sätze in der vergangengeit

icd-10[1]

wir sind von müdigkeit zensiert
zwischen den zähnen liegt sprache
als ob nichts dahinter wäre
etwas verschoben die klaviatur deiner rippenbögen: dahinter
auf stockwerk drei liegt ein muskuläres hohlorgan
wir erreichen es mit dem lift

wir wünschen uns eine fassadenbepflanzung
und dass wir nicht alle kriterien erfüllen
für die jahreszeiten die noch kommen werden
den strohigen sommer den sandstein asphalt
in der hand trugst du *mit leicht geöffneten fingern* eine skulptur
aus fragen die antworten trocknen
zwischen den rissen der streetart

dein wort im zuge der wahrheit: *verschwendung*
es bleibt uns wenig weiter übrig
meine hände
deine hände
sonst nichts
du wirst schriftlich festgehalten
dann können wir gehen

---

1 Der **ICD-10**-Code der WHO dient der Klassifikation und Einordnung von Krankheiten und Medikamenten in zusammengehörige Diagnosegebiete. Die Abkürzung **ICD** bedeutet „International Statistical Classification of Diseases and Related Health Problems".

ränder

das licht fällt hier schön
einige meter entlang des weges

was du bist
habe ich gefragt
und mehrfach eine antwort bekommen
die nicht stimmt
aber wer bin ich schon
dich zu erraten

alles geht weiter das atmen das abendbrot
der gang hinter das haus aus verzweiflung
die katze die faucht
beim schreiben von buchstaben
den datierungen von zufriedenheit
die zunge drückt gegen den gaumen
eine welle aus bewegung der fasern im rachen
in einen abgrund aus truth

dort definieren wir: die abwesenheit von sonne
als die anwesenheit von nacht: entlang des weges schatten

von den katastrophen

aber wer soll noch heimkommen
nachts von den katastrophen
wer soll am morgen wieder
ein wohingehen erfinden

wer klemmt sich die antworten
zwischen daumen und zeigefinger
und zerdrückt sie zu kleinen krumen aus furcht

wer ruft noch an
und wer wischt über den hörer
wenn vor dem fenster vielleicht
jemand die schuhe auszieht
um leise zu sein

wo wir ruhen

der aktuelle tag kratzt
scharf an der grenze des nachmittags
gehen die lider wie schafotte
mit einem schlag: *löschen sie das bild der welt*

zu beginn gab es
nur noch ein weißes
rauschen der blätter im hinterhof
das laub das wir sammeln wollten
war nicht mehr gut genug *für unsere zwecke* trugen wir kastanien
auf den schultern die wie stämme sind
ein abdruck vergangener jahre

was es zu verbessern gibt

die form des bettes dich
darauf die quasten der kissen
den hohlen zahn der im traum
von innen zerfällt das geräusch
vor der tür wetter das nicht lange hält
den blick auf bildschirme schatten
in nächtliche gesichter gelegt
was du sagst und was du
gesagt hast und wo du
geblieben bist und
was noch so kommt
der sound deiner traumata
die du ums handgelenk legst
mit den kissen zur bettstatt
wohin du nicht gehst
das klopfen hinter der wand und
die fledermaus neben dem dach
außerdem noch was du nicht siehst
wonach du nicht fragst

die formen von farben und
wellen ohne das meer dahinter
ein bild von dir die schwere
in der quadratur deiner hemden
im regal bretter staub
in den ecken wo tiere verenden
das kratzen im kopf die schnittstellen
auf den fingerkuppen den nagel
im mund den geist unter
der zunge die zunge die schlägt
sich so durch was du schluckst
die treppen zum dach die kammer
die knarzt die tablette die fehlt
der freund der nichts fragt
der wodka im kühlschrank
die uhrzeit des weckers das geräusch
am morgen wenn du sprichst

die farben von speichel
auf deinem laken keine sachen von gestern
die da mal lagen auf der mauer
ein vogel der schreit deinen namen
die fassade die fällt in deinen garten
die katze die nicht kommt wenn
du rufst keine antwort
auf das was du suchst
das gedächtnis das nicht mehr
in jahren denkt die doppelten decken
im winter die heizung die leckt
die lippen an der wand
das verständnis von allem
das dir noch fehlt das fenster
das nicht mehr zu schließen geht
der windzug die unsichere haltung
beim abendessen die zeitung in der hand
eine falte dreieinigkeit heilung
du surfst durch den schlaf
eine innere taktung verkrampft
kein platz für gestaltung die larven
die ecken das grau auf den haaren
und erinnerung an das was
wir früher mal sagten

die formen die farben
die offene tür der schlüssel der fehlt
das was du sagst und das was zählt
die rechenleistung des feuilleton
das atmen am morgen die liste mit der planung
für später die altersvorsorge
der tod der verstorbenen zapping
die gebühren die offene mahnung
der gestundete kalender die zahlung
der miete der dispo im keller
das wasser die bäume
die sie letzte woche fällten
den schlag und den schlaf
und das lernen aus fehlern
das erwachen das erwachen das erwachen und gestern

ich war ein geist und ich trug mich durch die nacht

ich habe beweise es gibt fotos früher
habe ich zu viel kundera gelesen
ich muss das wohl neulich jemandem erzählt haben
der mich verstand aber ich
habe vergessen wer das war

und auch das ist ein problem geworden:
die beliebigkeit der menschen die alle nicht bleiben
ich höre wieder die störgeräusche unserer köpfe wenn
wir nah nebeneinander sitzen du riechst *nach schall*
und rauch und du klingst wie jemand der keine kraft mehr
zu atmen hat weil
er nie schläft

die stadt kriecht durchs fenster zu uns: legt sich
langsam um meinen körper saugt sich fest
ein dünner schleier aus dunst küssen und
den hautpartikeln von fremden auf meinem handgelenk

ich bekomme dieses jahr nicht zu fassen
all diese fenster und kopfkissen und störgeräusche
und den staub und die versuche sich daran zu gewöhnen
ich suche die richtigen türklinken und schubladen
die richtige haltung *eine annahme* etwas das ich
guten gewissens mit sprühkreide vor
irgendeine haustür schreiben kann:

etwas das stimmt und dann wieder verwischt sodass
alles ist wie jetzt: die welt duldet es für einen kurzen moment
am nächsten morgen erwache ich zu früh und anämisch
es *ist etwas grundsätzliches: ich habe auf papier geschlafen*
ich versuche einen satz zu sagen zwei drei vielleicht
aber es ist schwerer geworden mit der zeit und den antworten
es ist immer derselbe blick der sich verkantet
ich muss lernen das alles
nicht mehr
finden zu wollen: diesen tag den moment den rand der perfektion

schlafdeprivation

in den spiegelungen der
ubahn sehe ich müde aus
da sind momentan diese sachen in meinem kopf
sagst du *schlafdeprivation heidegger und peter pan*

ich suche eine konstante *in den inhalten deiner sätze*
aber ich werde nichts finden wir fahren
durch den nachmittag und den abend
die farbe des himmels ändert sich und
das hindert uns an nichts *unsere augen zucken*

wir träumen von remschlaf aber wir wissen nicht wie
und wohin: wegen der *regelmäßigkeit von flucht*
in unseren to-do-listen

neurotricks und ent|täuschungen

I das innere deines raumes aus holz

die frühen morgen sind kälter
mit raureif in asphaltrissen
deine fingerabdrücke sind von jetzt an
fälschbar in greifbare äste gegossen

der letzte tag eines monats
streift deine iris vorm fenster
sommergebüsch das du
nur von hier sehen kannst

schon wieder dieser raum
schon wieder die konsistenz des materials
schon wieder du

eine wasserwaage passt nicht
auf deinen mund die klaviatur
deines lächlens die gebeizten
winkel deines kinns

du bist ein portrait aus birke
etwas hastiges
das auf meinen handgelenken
striemen hinterließ

II was du meinst wenn du nichts mehr sagst

dein kopf ist ein grauer see
der kälter gedacht wird
an manchen stellen
gefriert die oberfläche
zu stechenden kreisen

am ufer steht einer
der die augen nicht schließt
während im hinterkopf dieser landschaft
ein geräusch beginnt das nie jemand hört

alles ist enttarnt
als es wärmer wird
die bewegung der zeit
das eine gesicht das wachsamer wurde
schon beim kleinsten geräusch

III eine million versuche zu schweigen

die höhe der decken drückt auf
meine lunge als würde
die luft nach oben gesaugt
und hinge direkt unter dem kalk
bei den vergessenen insekten

niemand sieht genau hin
wie macht man es heller
ich hatte gehofft
die leitung zum strom wäre gekappt
damit ich in ruhe nach den
resten der dielen greifen kann
damit ich die möbel deplatzieren
die bücher ein und ausstellen kann

den zählerstand kann ich nicht ablesen
der bestatter hat die tür zum keller verschlossen
damit keiner unter die särge kriecht
um nicht mehr sprechen zu müssen

an einem anderen ort

du fragmentierst zerfaserst *weil*
einer gezaubert hat und dann
tauschen landkarten die plätze

alles wechselt seine richtung
auf pik sieben
vertrauen wir nicht
frage: *hält die richtige hand*
das herz?

schlafen ist wie immer
später als jetzt

korsakow

I

wir reden von luziden handlungen
die wir vergaßen zwischen den minuten
in denen wir hätten schlafen sollen
die frequenz unserer sprache
die überschneidung des lichts

wir bestreichen unsere kopfkissen mit wermut
während wir die augen geschlossen halten
gibt alles anlass dazu die schlafphasen
zu überprüfen rem: elektroden
an den richtigen stellen *wodka der sicher noch*
für ein jahr reicht

II

es ist spät wir schlafen
nicht wir liegen
solarmodule von draußen machen den stadthimmel
hell von nebenan die nachbarschaft
steht schlange
wer als erstes rufen soll
seid endlich still die tiere wechseln farben
mit der blauen stunde selbst als schwarze katzen

sie sind jetzt grau
wir wissen nicht wie
wir sie beim namen rufen
wir trauen uns nicht
unwissend auszusehen

am nächsten tag
stehen alle sterne anders
ist halbschatten wichtiger als pünktlichkeit

wir wissen das gedächtnis: landet überm zaun *drüben bei den andern*
die haben einen blassen schimmer
wer wir sind wo wir waren
und zu welcher zeit
uns nun ein kleines kitten folgt
in jedes zimmer
und auf lux
folgt dunkelkeit

Danke

Danke euch allen! Übrigens: Es gibt keine Reihenfolge, alle stehen an erster Stelle auf ihre ganz eigene und individuelle Art.

Danke an Pia Rudolph, Janina Sterle und Laura Unsöld fürs Herz-Freundinnensein, für lange WhatsApp-Sprachnachrichten, für gute Momente. Fürs Mutmachen. Fürs Mitfreuen. Fürs Dasein. Danke, dass ihr schon so lange an mich und meine Texte glaubt und mich supportet. Ich hab euch sehr lieb. Es ist schön, dass ihr mich schon so viele Jahre begleitet.

Danke an Marque-Régnier Hübscher fürs Wiederfinden. Für eine geheime Galerie in Hamburg zum Nachdenken, Diskutieren und Schreiben. Fürs Hinreisen- und Dableibenkönnen trotz Lockdown. Für das Wissen, dass wir uns nie ganz verloren gehen werden, egal, was passiert. Für die Zimmer in unseren Herzen.

Danke an Lisa Stützer dafür, dass du mir gezeigt hast, dass ganz unerwartet plötzlich Menschen ins Leben kommen, mit denen man sich versteht, als würde man sie schon immer kennen. Danke für die Wirklichkeit, die wir teilen.

Danke an Marielle Ziller dafür, dass du mich auf die Held*innenreise geschickt hast und immer wieder in meinem Leben auftauchst, genau, wenn mein Leben und ich dich brauchen. Für die Kreativität und Impulse, die du in mein Leben und Schreiben bringst.

Danke an Cendra Polsner fürs Eheelfen-Dasein. Für kreativen Austausch auf allen Ebenen. Für das wunderschöne Cover. Und für alles, was du bist. Ich sag nur: Island!

Danke an Ingvar Erik Vatertag, dafür, dass du mich Ich selbt sein lässt. Dafür, dass du meine ungewöhnliche Art, fürs Leben und Schreiben zu recherchieren, verstehst. Dass du mich mit all deinem Germanistik-Wissen unterstützt und an mich und den Lyrikband geglaubt hast. Und für die Schnurpsigkeit und imaginären Hausboote.

Danke an Johannes und Anni Elster dafür, dass ihr einen Zauberer auf eurer Hochzeit hattet. Und einen Schlossherrn. Und ein bisschen danke ich auch dem Zauberer. Aber nur ein bisschen.

Danke an Christian Schloyer fürs Hinterfragen. Für Hinweise auf dünnes Eis. Für uneigentliche Stimmen. Und für ganz viele tolle Gespräche über Lyrik.

Danke an das Bayerische Staatsministerium für Wissenschaft und Kunst, das den Lyrikband „nach der illusion" mit einem Arbeitsstipendium gefördert hat.

Danke an die Akademie Faber-Castell, die mir drei Jahre lang ein kreatives Zuhause und lichtdurchflutete Räume geboten hat. Danke an Regina Frik, Nicol Goudarzi, Bianca Holzapfel, Ronja Klein, Krystyna Kuhn, Daniel Ritter, Henri Scheweling, Ilka-Loretta Schumann und Berit Sellmann für den Austausch, das gegenseitige Wertschätzen, für die Mittagspausen, für die Gespräche beim Italiener, dafür, dass ihr mich empowert und an meinen Lyrikband geglaubt habt.

Bei Lektora erschienen

Philipp Herold

Alles zu seiner Zwei

Aller guten Dinge sind zwei.
Nach »Alles zu seiner Zeit« kommt hiermit die Fortsetzung des Albums. Fünf neue Lieblingstexte – ursprünglich für die Bühne geschrieben und nun verwandelt in dieses Buch – erneut begleitet von 5 Illustrationen befreundeter Künstler*innen und Audioaufnahmen aller Texte zum Download.

»Immer wenn ich etwas von Philipp Herold lese, mag ich jeden einzelnen Satz nehmen und auf ein richtig schönes Date damit gehen, weil ich sofort ganz furchtbar verliebt bin in jedes einzelne Wort.«
(Jule Weber)

»So aufrecht, präzise und sweet.«
(Julian Heun)

ISBN 978-3-95461-201-7
9,90 Euro

www.lektora.de

Bei Lektora erschienen

Vincent Sboron

Fragmente eines glücklichen Menschen

»Fragmente eines glücklichen Menschen« ist der Versuch, nachzuzeichnen, wie eine unbestimmte Reihe von Erfahrungen letztendlich eine Person hervorbringt. Wie die Vergangenheit als Erinnerung aufgehoben bleibt, so zeigt sich hinter jedem Augenblick das Ganze. Irgendwo zwischen dem Willen, jeden Eindruck zu bewahren, und dem Kapitulieren vor der Wirklichkeit, zwischen dörflicher Langeweile und dem Nachtleben der Großstadt finden sich die Betrachtungen von Vincent Sboron. Eine schonungslose Liebeserklärung an das Leben.

ISBN 978-3-95461-198-0
13,90 Euro

www.lektora.de